정현종 시인의 '손' 드로잉 부분

정현종 문학 에디션 4

섬

시인의 그림이 있는
정현종 시선집

초　판　1쇄 발행　2009년 10월 25일
개정판　1쇄 발행　2015년 08월 20일
개정판　17쇄 발행　2024년 10월 25일

지은이　정현종
펴낸이　정중모
편집인　민병일
펴낸곳　문학판

기획 · 편집 · Art Director ｜ Min, Byoung-il
Book Design · Kalligraphie ｜ Min, Byoung-il
마케팅 홍보　김선규 고다희
제작 관리　윤준수 고은정 구지영 홍수진

등록　1980년 5월 19일 (제406 - 2000 - 000204호)
주소　경기도 파주시 회동길 152
전화　031 - 955 - 0700 ｜ 팩스　031 - 955 - 0661
홈페이지　www.yolimwon.com ｜ 이메일　editor@yolimwon.com

© 정현종, 2009, 2015 (저자와의 협의에 의해 인지는 생략합니다.)
Printed in Seoul, Korea

ISBN　978-89-7063-880-5　04810
　　　　978-89-7063-875-1　(세트)

만든 이들_ 편집 김종숙　디자인 김경아

문학판은 열림원의 문학 · 인문 · 예술 책을 전문으로 출판하는 브랜드입니다.

문학판의 심벌인 무당벌레는 유럽에서 신이 주신 좋은 벌레, 아름다운 벌레로 알려져
있으며, 독일인에게 행운을 의미합니다. 문학판은 내면과 외면이 아름다운 책을 통하여
독자들께 고귀한 미와 고요한 즐거움을 드리고자 합니다.

이 도서의 국립중앙도서관 출판예정도서목록(CIP)은 서지정보유통지원시스템
홈페이지(http://seoji.nl.go.kr)와 국가자료공동목록시스템(http://www.nl.go.kr/kolisnet)에서
이용하실 수 있습니다. (CIP제어번호: CIP2015020264)

정현종
문 학
에디션
4

섬

시인의 그림이 있는
정현종 시선집

문학판

목차

발문 | 날자, 행복한 영혼들이여

조금 낯설게 말 걸기, 조금 낯설게 다가서기

Aut prodesse volunt aut delectare poetae
Aut sinul et iucunda et idonea dicere vitae
시인들은 사람들에게 유익함을 주려고 하거나
　기쁨을 주려고 한다.
혹은 사람들에게 유익한 동시에 즐거운 것을
　말하려고 한다.
　　　　　　　　　−호라티우스, 「시학」에서

　시와 그림의 산책길을 따라 오래전 잃어버린 시간을 찾아갑니다.

　시와 회화와 음악은 예술의 순수한 원천이고, 그것을 발견하여 음미하고, 감동하는 사람은 예술 작품에서 미를 느끼는 좋은 취미(Der gute Geschmack)를 가진 자입니다. 인간은 무엇으로 행복할 수 있을까요? 사람은 날마다 아주 짧은 노래라도 듣고, 좋은 시를 읽고, 멋진 그림을 보라고 괴테는 말했습니다. 시는 인

＊ 시인의 그림이 있는 정현종 시선집 『섬』은 '그림이 있는 포에지' 시리즈로 출간되었으나 정현종 시인의 등단 50주년을 기념하여 '정현종 문학 에디션' 시리즈로 새롭게 출간되었습니다.

6

간이 지닌 가장 순결하고 고귀한 떨림이 언어를 통해, 자기의식
의 보다 높은 세계 속으로 고양되어지는 정신적인 예술작품(das
geistige Kunstwerk)입니다. 시인의 내면에서 꿈틀거리는 파토스
는 무녀처럼 초현실적 힘에 의지하지 않고 므네모시네(die
Mnemosyne), 즉 기억의 여신의 도움으로 시적인 것을 발아시
키는 것입니다. 하여 포착된 시의 광채는 미의 이데아가 세계
에 현상되는 것이지요. 그러나 시는 미의 세계에 존재하기보다
추의 세계에 생동하는 "미의 이차적인 현존"입니다. 모든 예술
이 유토피아라면, 유토피아로서의 시는 그리움의 징후로서 꿈
이 언젠가 현실이 되리라는 믿음입니다. 그것은 시를 읽는 사
람의 마음에서만 감지되는 행복의 섬광이며, 시의 은휘로운 혁
명입니다.

"인간은 시인으로 태어납니다(Homo nascitur poeta)."

시인의 '그림이 있는 포에지'를 세상에 내놓습니다.
이 시리즈는 세계 마에스트로 포에지 성격의 시선집으로, 독
자들에게 사랑 받은 '대중성과 예술성'을 갖춘 이쁜 시편들을
가려 뽑았습니다. 시는 30여 편이지만, 시의 질량은 시인의 온

생애를 떠받칠 아름다운 작품입니다. 해설을 맡은 평론가와 시인이 각자 마음에 든 시편들을 뽑은 뒤 이 둘의 교집합을 선택하였는데, 특히 시인이 직접 그린 그림들과 만년필로 쓴 시들은 또 다른 감흥을 불러일으킬 것입니다. "그림은 말하지 않는 시이며, 시는 말하는 그림"이라는 고대 그리스로부터의 테제는, 시와 그림이 "자매예술"로서 서로의 영감에 불을 지른다는 의미인데 이 시선집에서도 확인할 수 있습니다. 시인의 그림은 '시적 그림'에 가까우므로, 시의 언어가 보이지 않는 대상에서 이미지를 길어 올린다면, 그림은 보이는 대상에서 보이지 않는 심연을 인식하게 하는 생생한 표현입니다. 시적 그림은 시인의 내면에 숨겨진 선과 색채가 낯선 공간에서 발현된 시적 묘사일 것이며, 시인의 그림은 한눈팔기가 아닌, 시인의 영혼을 색칠하는 여러 가지 붓들 중 하나 일 것입니다.

　독자들이어! 시인은 뮤즈(Muse)를 찾아 나선 방랑자입니다.
　해질녘 시인의 신발 밑창에 깃든 고독은 실존하는 인간의 무게이고, 상상력의 유희입니다. 언어의 연금술을 통해 사물의 표상에 도달하는 시인처럼, 방랑의 륙색에 연필 한 자루, 시집

한 권 넣고 아름다운 길 떠나보시지요. 오랜 시간 손때 묻혀가며 볼만한 시집 한 권 소유한다는 것은, 밤하늘 푸른 별을 두 눈에 반짝이게 하는 것이고, 들녘의 꽃 한 송이 가슴에 품어 사람을 내면 깊숙이 사랑할 수 있게 하는 것입니다.

혹시 모르죠? 바위에 앉아 시 한 줄 읽다보면 폐허 같은 사랑에 햇빛의 속살 돋아나고, 길 위의 풍경은 길이 되어 내 안에 실핏줄 같은 지도를 만들고, 바람이 바람 속의 답을 알려줄 지. 내면으로 가는 길(Wege nach Innen)에 만난 꽃, 돌, 별, 벌레, 햇빛, 사람 속에 깃든 '심미적인 것(ästhetische)'의 의미를 바람이 알려줄지 모르죠, 혹시!

시인의 '그림이 있는 포에지'를 펴내며
2009년 시월 상달
문학총괄부사장 민병일

시인의 말

　지난 5월 초순경 열림원 민병일 부사장이 이촌동 내 공부방으로 찾아와, 시인들 자신의 그림을 곁들인 시선집을 기획하고 있다는 얘기를 하면서, 내 시선집을 첫번째로 내고 싶다고 했다. 그는 자기가 독일에서 공부하는 동안 사 모은 독일 시인들(괴테, 릴케, 헤세 등)의 품격 있는 클로스 커버 시집들을 꺼내 놓으며 우리나라에서는 이렇게 만들기가 어려우나 자기는 그런 수준의 책을 만들고 싶다는 것이었다.

　나는 그가 책을 예술품처럼 만들고 싶어하는 사람이라는 걸 금방 알아차렸고 마음이 아주 즐거워졌다.

　그는 자기의 사진집을 한 권 나에게 주었고 그래서 그가 사진작가라는 걸 알았는데, 자기는 또 시를 쓴다고도 했다. 독일 함부르크대학에서 예술사와 시각예술에 관한 공부를 했으니 그는 또한 학자이기도 하여 홍익대와 동덕여대에서 강의를 하고 있기도 하였다. 유학을 가기 전에는 출판사에서 일을 했고 출판 기획자로서 출판계에 알려져 있기도 하였다.

　그의 제안에 대해 나는 물론 수락하기가 힘들겠다고 하였다. 이유는 간단하다. 나는 초등학교나 중학교 이후 그림을 그려본 적이 없고, 그림을 잘 그리지 못한다, 내가 그림을 그리려면 우

선 미술학원에 가서 기초부터 공부를 해야 하니 적어도 1~2년
은 걸리지 않겠느냐, 그러니 나는 할 수가 없겠다…….

　그는 나를 설득하려고 가령 내가 선 하나만 그어도 그게 의미
심장하지 않겠느냐는 둥 '감언이설'을 하였으나, 정색을 하고 말
하자면, 권유하는 그의 태도는 진지하고 간곡하였다. 그러나 그
날은 결국 그냥 돌아갔는데, 어디를 좀 다녀와서 다시 찾아오겠
다고 했다.

　그의 인품이 마음에 들었다. 어조가 보기 드물게 부드러웠고
또한 보기 드물게 겸손했다. 나는 내 느낌과 판단에 사람됨(바
탕)이 좋아 보이지 않는 사람하고는 사귀지 못하며, 선한 사람
한테는 꼼짝을 못한다.

　민병일 부사장은 한 달 뒤쯤 다시 왔고, 역시 점심을 같이 했
으며, 여러 이야기를 나누었고, 나는 그림에 대한 부담을 많이
느끼면서도 수락했다.

　책도 잘 만들면 예술품이다. 그의 의지와 태도와 감각으로 봐
서 그는 미적(美的)인 것에 매료되는 영혼, 말하자면 미의 사도
인 듯했다.

　나는 종이, 연필, 만년필 등 문방구에 욕심이 있고 잘 만든

책은 말할 것도 없이 좋아하는 터이니 자기 시집이 아름답고 품격 있게 만들어지는 데 대해 왜 설레는 기대가 없겠는가.

나는 민 부사장의 안내로 홍익대 구내 화구점에 가서 크레용, 색연필, 파스텔, 도화지 등 간단한 화구를 샀으나 마침 서울대 미대 최인수 교수가 주신 좋은 스케치북과 연필이 있었으므로 우선 연필화를 그려보았다. 내가 좋아하는 시인 세 사람과 철학자 한 사람. 제자들이 선물한 깃 달린 펜으로 펜화도 시도해보았으나 두어 장 그린 걸 폐기해버렸다. 새도 더 그려보고 싶었고 특히 줄지어 날아가는 철새떼를 그리고 싶었으나 그리지 못했다. 또 '벽'의 반대말인 '창', 은유적으로나 실제적으로나 인간을 '바깥'으로, 무한과 우주로 연결하는 창, 그 테두리 속에 있는 사람을 그가 누구이든지 간에 미화(美化)하고 승화하는 창을 그리고 싶었으나 그리지 못했다.

어떻든 이런 무모한 짓을 한 데 대해 독자는 용서하시기를. 나는 언제 철이 들 것인가.

이 선집을 만드는 데 기꺼이 참여해주신 오생근 교수에게 감사한다.

2009년 9월 중순
정현종

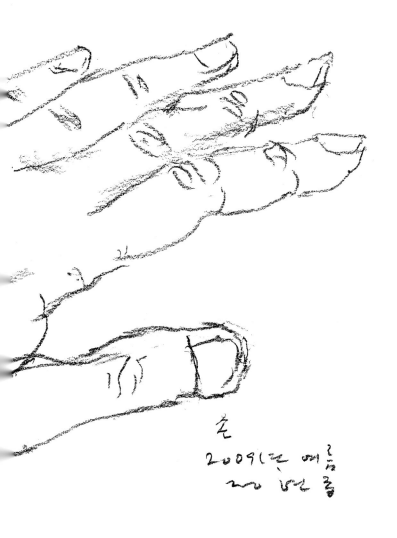

손
2009년 여름
그림 방영웅

섬

사람들 사이에 섬이 있다
그 섬에 가고 싶다.

섬

사람들 사이에 섬이 있다
그 섬에 가고 싶다

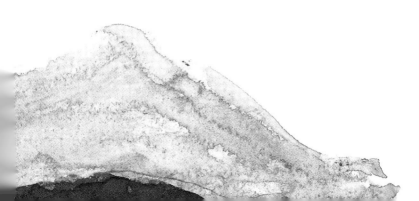

어떤 적막

좀 쓸쓸한 시간을 견디느라고
들꽃을 따서 너는
팔찌를 만들었다.
말없이 만든 시간은 가이없고
둥근 안팎은 적막했다.

손목에 차기도 하고
탁자 위에 놓아두기도 하였는데
네가 없는 동안 나는
놓아둔 꽃팔찌를 바라본다.

그리로 우주가 수렴되고
쓸쓸함은 가이없이 퍼져나간다.
그 공기 속에 나도 즉시
적막으로 一家를 이룬다—
그걸 만든 손과 더불어.

바탕 이미지 | 1889년 『Ecce homo』를 집필한 프리드리히 니체(Fridrich Nietzsche)의 육필 원고

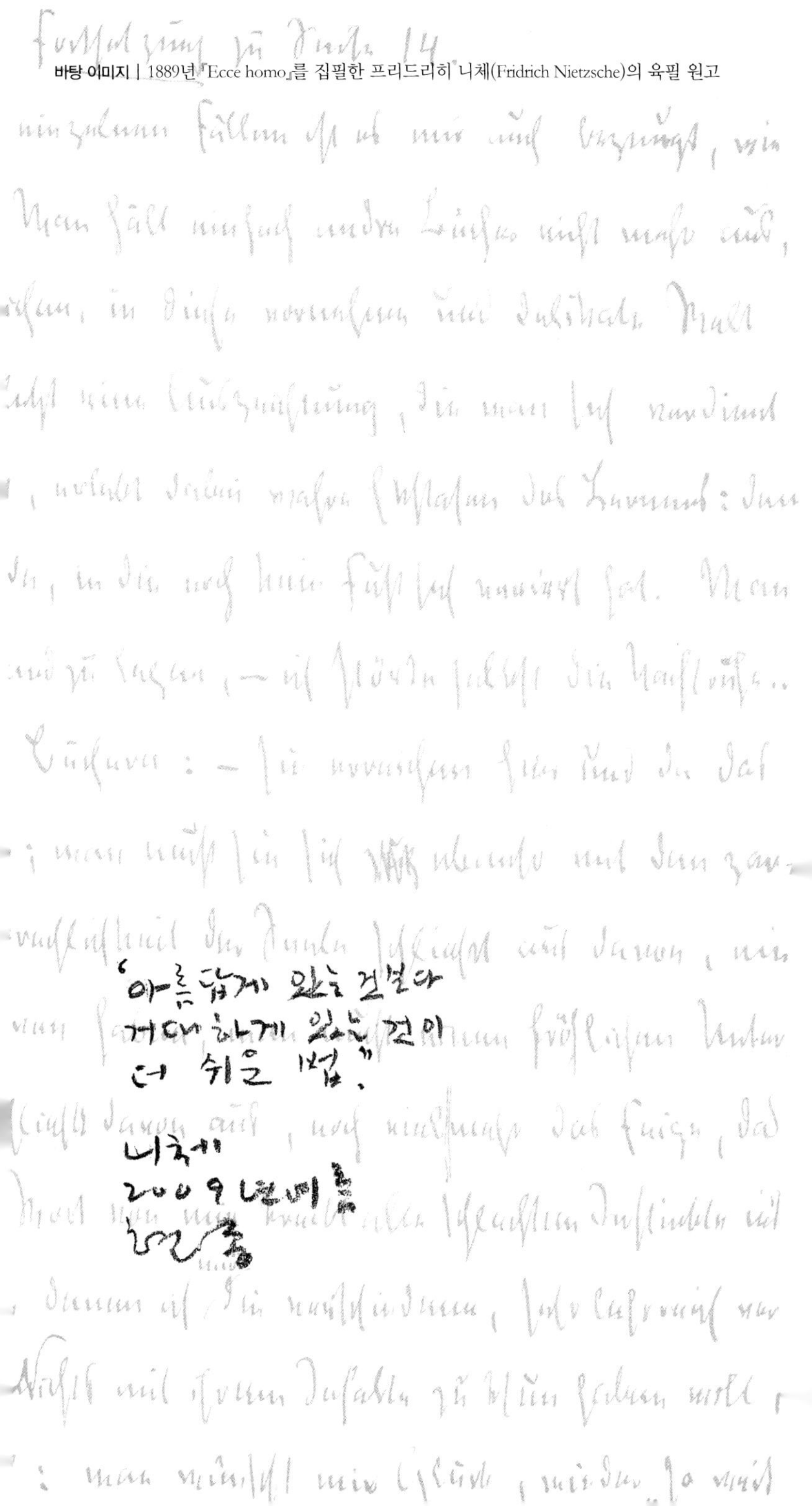

'아름답게 있는 것보다
거대하게 있는 것이
더 쉬운 법."

니체
2009년 봄
(signature)

고통의 축제 1
─ 편지

계절이 바뀌고 있습니다. 만일 당신이 생의 機微를 안다면 나는 당신을 사랑합니다. 말이 기미지, 그게 얼마나 큰 것입니까. 나는 당신을 사랑합니다. 당신을 만나면 나는 당신에게 色 쓰겠습니다. 色卽是空. 空是. 色空之間 우리 인생. 말이 색이고 말이 공이지 그것의 실물감은 얼마나 기막힌 것입니까. 당신에게 色 쓰겠습니다. 당신한테 空 쓰겠습니다. 알겠습니다. 편지란 우리의 감정 결사입니다. 비밀 통로입니다. 당신에게 편지를 씁니다.

　　識者처럼 생긴 불덩어리 공중에 타오르고 있다.
　　시민처럼 생긴 눈물덩어리 공중에 타오르고 있다.
　　불덩어리 눈물에 젖고 눈물덩어리 불타
　　불과 눈물은 서로 스며서 우리나라 사람 모양의 피가 되어
　　캄캄한 밤 공중에 솟아오른다.
　　한 시대는 가고 또 한 시대가 오도다, 라는
　　코러스가 이따금 침묵을 감싸고 있을 뿐이다.

나는 감금된 말로 편지를 쓰고 싶어하는 사람이 아닙니다. 감금된 말은 그 말이 지시하는 현상이 감금되어 있음을 의미하지만, 그러나 나는 감금될 수 없는 말로 편지를 쓰고 싶습니다. 영원히. 나는 축제주의자입니다. 그중에 고통의 축제가 가장 찬란합니다. 합창 소리들립니다. "우리는 행복하다"(카뮈)고. 생의 기미를 아는 당신을 사랑합니다. 안녕.

고통의 축제 2

눈 깜박이는 별빛이여
사수좌인 이 담뱃불빛의 和唱을 보아라
구호의 어둠 속
길이 우리 암호의 가락!
하늘은 새들에게 내어주고
나는 아래로 아래로 날아오른다
      쾌락은 육체를 묶고
      고통은 영혼을 묶는도다*

시간의 뿌리를 뽑으려다
제가 뿌리뽑히는 아름슬픈 우리들
술은 우리의 정신의
화려한 형용사
눈동자마다 깊이
望鄕歌 고여 있다
      쾌락은 육체를 묶고
      고통은 영혼을 묶는도다

무슨 힘이 우리를 살게 하나구요?
마음의 잡동사니의 힘!
아리랑 아리랑의 청천하늘
오늘도 흐느껴 푸르르고

별도나 많은 별에 수심 내려
기죽은 영혼들 거지처럼 떠돈다
　　　쾌락은 육체를 묶고
　　　고통은 영혼을 묶는도다

몸보다 그림자가 더 무거워
머리 숙이고 가는 길
피에는 소금, 눈물에는 설탕을 치며
사람의 일들을 노래한다
세상에서 가장 쓸쓸한 일은
사람 사랑하는 일이어니
　　　쾌락은 육체를 묶고
　　　고통은 영혼을 묶는도다

*후렴은 우나무노의 『생의 비극적 의미』라는 책에서 인용.

벌레들의 눈동자와도 같은

둥근 기쁨 하나
    마음의 광채
둥근 슬픔 하나
    마음의 광채
굴리고 던지고 튕기게 노는
내 커다란 놀이

이만큼 깊으니
    슬픔의 금강석
노래와 더불어
    기쁨의 금강석
지구와도 같고 혈구(血球)와도 같으며
풀잎과도 같고 벌레들의 눈동자와도 같은
둥근 슬픔
둥근 기쁨.

벌레들의 눈동자와도 같은

둥근 기쁨 하나
　　마음의 광채
둥근 슬픔 하나
　　마음의 광채
굴리고 던지고 튕기며 노는
내 커다란 놀이

이만큼 깊으니
　　슬픔의 금강석
노래와 더불어
　　기쁨의 금강석
지구와도 같고 血球와도 같으며
풀잎과도 같고 벌레들의 눈동자와도 같은
둥근 슬픔
둥근 기쁨

방문객

사람이 온다는 건
실은 어마어마한 일이다.
그는
그의 과거와
현재와
그리고
그의 미래와 함께 오기 때문이다.
한 사람의 일생이 오기 때문이다.
부서지기 쉬운
그래서 부서지기도 했을
마음이 오는 것이다―그 갈피를
아마 바람은 더듬어볼 수 있을
마음,
내 마음이 그런 바람을 흉내낸다면
필경 환대가 될 것이다.

'나는 그들이 모두
[……]
내 노래를 통해 노래하기를 바란다'

파블로 네루다
2008 예름 현종

행복

산에서 내려와서
아파트촌 벤치에 앉아
한 조각 남아 있는 육포 안주로
맥주 한 병을 마시고
지하철을 타러 가는데
아 행복하다!

나도 모르겠다
불행 중 다행일지
행복감은 늘 기습적으로
밑도 끝도 없이 와서
그 순간은
우주를 온통 한 깃털로 피어나게 하면서
그 순간은
시간의 궁핍을 치유하는 것이다.
시간의 기나긴 고통을
잡다한 욕망이 낳은 괴로움들을
완화하는 건 어떤 순간인데
그 순간 속에는 요컨대 시간이 없다

좋은 풍경

늦겨울 눈 온 날
날은 푸르하고 눈은 부드러워
새삼인듯 덮인 숲 속으로
밤내 발자욱 한 쌍이 올라가더니
골짜기에 온통 잎갈을 풀어놓으께
밤나무에 기대어 그짐을 하난 바람에
예년보다 빨리 온 올 봄 그 밤나무는
여러 날 피울 꽃을 얼떨결에
한나절에 다 피워놓고 서 있었습니다.

좋은 풍경

늦겨울 눈 오는 날
날은 푸근하고 눈은 부드러워
새살인 듯 덮인 숲 속으로
남녀 발자국 한 쌍이 올라가더니
골짜기에 온통 입김을 풀어놓으며
밤나무에 기대서 그짓을 하는 바람에
예년보다 빨리 온 올 봄 그 밤나무는
여러 날 피울 꽃을 얼떨결에
한나절에 다 피워놓고 서 있었습니다.

갈대꽃

산 아래 시골길을 걸었지
논물을 대는 개울을 따라.
이 가을빛을 견디느라고
한숨이 나와도 허파는 팽팽한데
저기 갈대꽃이 너무 환해서
끌려가 들여다본다, 햐!
광섬유로구나, 만일 그 물건이
세상에서 제일 환하고 투명하고
마음들이 잘 비치는 것이라면……

그 갈대꽃이 마악 어디론지
떠나고 있었다
氣球 모양을 하고,
허공으로 흩어져 어디론지
비인간적으로 반짝이며,
너무 환해서 투명해서 쓸쓸할 것도 없이
그냥 가을의 속알인 갈대꽃들의
미친 빛을 지상에 남겨두고.

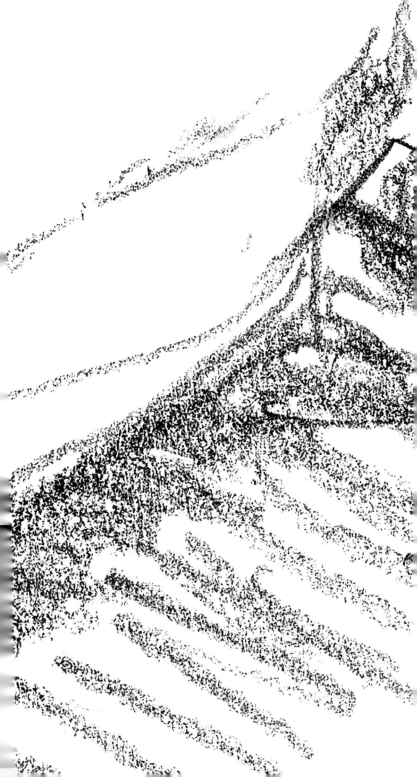

'돌아라, 심장'
프레데릭 가르시아 로르카
2009년
정 현 종

이슬

강물을 보세요 우리들의 피를
바람을 보세요 우리의 숨결을
흙을 보세요 우리들의 살을.

구름을 보세요 우리들의 철학을
나무를 보세요 우리들의 시를
새들을 보세요 우리들의 꿈을.

아, 곤충들을 보세요 우리들의 외로움을
지평선을 보세요 우리의 그리움을
꽃들의 三昧를 우리의 기쁨을.

어디로 가시나요 누구의 몸 속으로
가슴도 두근두근 누구의 숨 속으로
열리네 저 길, 저 길의 무한—

나무는 구름을 낳고 구름은
강물을 낳고 강물은 새들을 낳고
새들은 바람을 낳고 바람은
나무를 낳고……

열리네 서늘하고 푸른 그 길
취하네 어지럽네 그 길의 휘몰이

49

그 숨길 그 물길 한 줄기 혈관······

그 길 크나큰 거미줄
거기 열매 열은 한 방울 이슬—
(眞空이 妙有로 가네)
태양을 삼킨 이슬 萬有의
바람이 굴려 만든 이슬 만유의
번개를 구워먹은 이슬 만유의
한 방울로 모인 만유의 즙—
천둥과 잠을 자 천둥을 밴
이슬, 해왕성 명왕성의 거울
이슬, 벌레들의 내장을 지나 새들의
목소리에 굴러 마침내
풀잎에 맺힌 이슬······

얼 북

도토리나무에서 도토리가
툭 떨어져 굴러간다.
나는 뒤를 돌아보았다
도토리나무 얼굴가 궁금해서.

안부

도토리나무에서 도토리가
툭 떨어져 굴러간다.
나는 뒤를 돌아보았다
도토리나무 안부가 궁금해서.

환합니다

환합니다.

감나무에 감이,

바알간 불꽃이,

수도 없이 불을 켜

천지가 환합니다.

이 햇빛 저 햇빛

다 합해도

저렇게 환하겠습니까.

서리가 내리고 겨울이 와도

따지 않고 놔둡니다.

풍부합니다.

천지가 배부릅니다.

까치도 까마귀도 배부릅니다.

내 마음도 저기

감나무로 달려가

환하게 환하게 열립니다.

헤게모니

헤게모니는 꽃이
잡아야 하는 거 아니에요?
헤게모니는 저 바람과 햇빛이
흐르는 물이
잡아야 하는 거 아니에요?
(너무 속상해하지 말아요
내가 지금 말하고 있지 않아요?
우리가 저 초라한 헤게모니 病을 얘기할 때
당신이 헤제모니를 잡지, 그러지 않았어요?
순간 터진 폭소, 나의 폭소 기억하시죠?)
그런데 잡으면 잡히나요?
잡으면 무슨 먹을 알이 있나요?
헤게모니는 무엇보다도
우리들의 편한 숨결이 잡아야 하는 거 아니에요?
무엇보다도 숨을 좀 편히 쉬어야 하는 거 아니에요?
검은 피, 초라한 영혼들이여
무엇보다도 헤게모니는
저 덧없음이 잡아야 되는 거 아니에요?
우리들의 저 찬란한 덧없음이 잡아야 하는 거 아니에요?

바탕 이미지 | 1909년 9월 5일 라이너 마리아 릴케(Rainer Maria Rilke)가 쓴 육필 편지.
맨 끝에 릴케의 서명이 보인다.

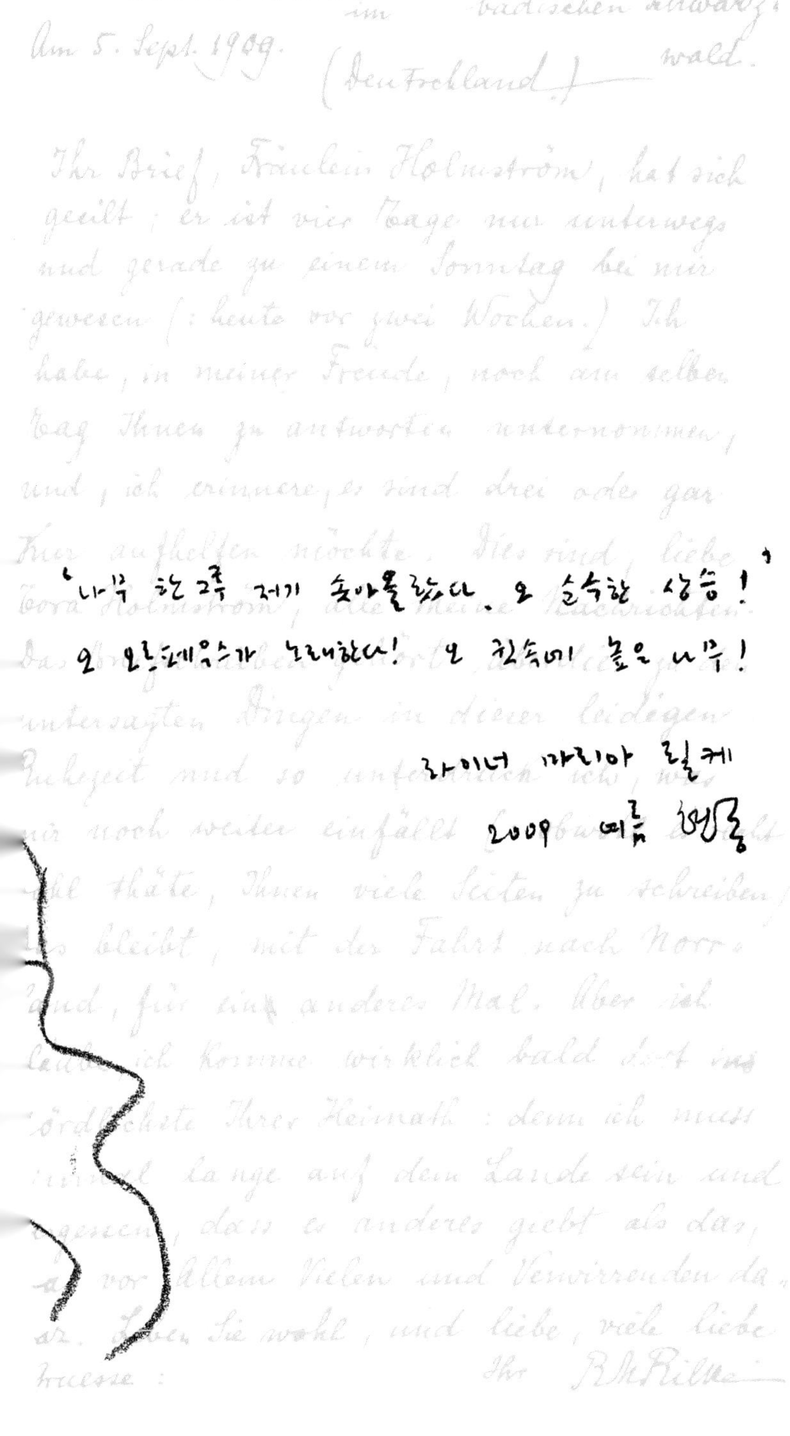

'나무 한 그루 저기 솟아올랐다. 오 순수한 상승!
오 오르페우스가 노래한다! 오 귓속에 높은 나무!'
라이너 마리아 릴케
2009 여름
Zt. Bad Rippoldsau im badischen Schwarzwald. (Deutschland.)
Am 5. Sept. 1909.
Ihr Brief, Fräulein Holmström, hat sich geeilt; er ist vier Tage nur unterwegs und gerade zu einem Sonntag bei mir gewesen (: heute vor zwei Wochen.) Ich habe, in meiner Freude, noch am selben Tag Ihnen zu antworten unternommen, und, ich erinnere, es sind drei oder gar [illegible] möchte. Dies sind, liebe Tora Holmström, [illegible] untersagten Dingen in dieser leidigen Ruhezeit und so unterbreche ich, was mir noch weiter einfällt [illegible] thäte, Ihnen viele Seiten zu schreiben; es bleibt, mit der Fahrt nach Norrland, für ein anderes Mal. Aber ich glaube, ich komme wirklich bald dort ins Nördlichste Ihrer Heimath: denn ich muss einmal lange auf dem Lande sein und [illegible], dass es anderes giebt als das, [illegible] vor allem Vielen und Verwirrenden da[illegible]. Leben Sie wohl, und liebe, viele liebe Grüsse:
Ihr RMRilke

꽃시간 1

시간의 물결을 보아라.
아침이다.
내일 아침이다.
오늘 밤에
내일 아침은 저조 나가는
나의 물결은
푸르기도 하여, 오
그 파동으로
모든 낱빛을 물들이니
저니음이여
동트는 그곳이여.

꽃 시간 1

시간의 물결을 보아라.
아침이다.
내일 아침이다.
오늘 밤에
내일 아침을 마중 나가는
나의 물결은
푸르기도 하여, 오
그 파동으로
모든 날빛을 물들이니
마음이어
동트는 그곳이여.

한 꽃송이

복도에서

기막히게 이쁜 여자 다리를 보고

비탈길을 내려가면서 골똘히

그 다리 생각을 하고 있는데

마주 오던 동료 하나가 확신의

근육질의 목소리로 내게 말한다

詩想에 잠기셔서……

나는 웃으며 지나치며

또 생각에 잠긴다

하, 족집게로구나!

우리의 고향 저 原始가 보이는

걸어다니는 窯인 저 살들의 번쩍임이

풀무질해 키우는 한 기운의

소용돌이가 결국 피워내는 생살

한 꽃송이(시)를 예감하노니……

흔적화석.
네마토데 벌레가
기어다니며 만든
자국.

2009년 여름

현　곤

(모든 움직임이 숨는순간
화석이 되는걸 보기 시작한 건 오래되었네)
지금 쓰고 있는 이 글자도 내가 발견한 화석이다.

— 「시간은 두려움에 싸여 있다」에서.

세상의 나무들

세상의 나무들은
무슨 일을 하지?
그걸 바라보기 좋아하는 사람,
헤주하늘 바로 나락이 좋아
가슴이 그만 푸르게 푸르게 두근거리는

그건 사람 땅에 뿌리내려 끼지않게 하고
몸에 온몸에 수액 오르게 하고
하늘로 높은 데로 오르게 하고
둥글고 둥글어 단적의 샘!

하늘에도 땅에도 우리들 가슴에도
들리지 나무들아 날이개 날개다
헌사랑 두근두근 방창하는 기운들!

세상의 나무들

세상의 나무들은
무슨 일을 하지?
그걸 바라보기 좋아하는 사람,
허구한 날 봐도 나날이 좋아
가슴이 고만 푸르게 푸르게 두근거리는

그런 사람 땅에 뿌리내려 마지않게 하고
몸에 온몸에 수액 오르게 하고
하늘로 높은 데로 오르게 하고
둥글고 둥글어 탄력의 샘!

하늘에도 땅에도 우리들 가슴에도
들리지 나무들아 날이면 날마다
첫사랑 두근두근 팽창하는 기운을!

나는 별아저씨

나는 별아저씨
별아 나를 삼촌이라 불러다오
별아 나는 너의 삼촌
나는 별아저씨

나는 바람남편
바람아 나를 서방이라고 불러다오
너와 나는 마음이 아주 잘 맞아
나는 바람남편이지

나는 그리고 침묵의 아들
어머니이신 침묵
언어의 하느님이신 침묵의
돔 dome 아래서
나는 예배한다
우리의 생은 침묵
우리의 죽음은 말의 시작

이 천하 못된 사랑을 보아라
나는 별아저씨
바람남편이지.

떨어져도 튀는 공처럼

그래 살아봐야지
너도 나도 공이 되어
떨어져도 튀는 공이 되어

살아봐야지
쓰러지는 법이 없는 둥근
공처럼, 탄력의 나라의
왕자처럼

가볍게 떠올라야지
곧 움직일 준비 되어 있는 꼴
둥근 공이 되어

옳지 최선의 꼴
지금의 네 모습처럼
떨어져도 튀어오르는 공
쓰러지는 법이 없는 공이 되어.

2009 여름 현암

해백합 화석

사물의 꿈 1
— 나무의 꿈

그 잎 위에 흘러내리는 햇빛과 입맞추며
나무는 그의 힘을 꿈꾸고
그 위에 내리는 비와 밤 비비며 나무는
소리내어 그의 피를 꿈꾸고
가지마다 부는 바람의 푸른 힘으로 나무는
자기의 생이 흔들리는 소리를 듣는다.

사물의 꿈 1
―나무의 꿈

그 잎 위에 흘러내리는 햇빛과 입맞추며
나무는 그의 힘을 꿈꾸고
그 위에 내리는 비와 뺨 비비며 나무는
소리 내어 그의 피를 꿈꾸고
가지에 부는 바람의 푸른 힘으로 나무는
자기의 생이 흔들리는 소리를 듣는다.

교감

밤이 자기의 심정처럼
켜고 있는 街橙
붉고 따뜻한 가등의 정감을
흐르게 하는 안개

젖은 안개의 혀와
가등의 하염없는 혀가
서로의 가장 작은 소리까지도
빨아들이고 있는
눈물겨운 욕정의 친화

꽃피는 애인들을 위한 노래

겨드랑이와 제 허리에서 떠오르며
킬킬대는 만월을 보세요
나와 있는 손가락 하나인들
욕망의 흐름이 아닌 것이 없구요
어둠과 열이 서로 스며서
깊어지려면 밤은 한없이 깊어질 수 있는
고맙고 고맙고 고마운 밤
그러나 아니라구요? 아냐?
그렇지만 들어보세요
제 허리를 돌며 흐르는
만월의 킬킬대는 소리를

2009 여름 현정

하롱살이 화석. 모든 몸의 화신.

잎 하나로

세상 얼들은
솟아나는 싹과 같고
세상 얼들은
지는 나뭇잎과 같으며
그 사이사이 나는
흐르는 물에 티를 씻기도 하고
구름에 발을 얹기도 하며
늘에는 번개 키에는 바람
봄에는 여자의 몸을 비롯
빈틈 다른 몸을 열반처럼 입고

왔다갔다 하는구나
이리리리 멀리멀리
가을 나무에
잎 하나로 매달릴 때까지 .

잎 하나로

세상 일들은
솟아나는 싹과 같고
세상 일들은
지는 나뭇잎과 같으니
그 사이사이 나는
흐르는 물에 피를 섞기도 하고
구름에 발을 얹기도 하며
눈에는 번개 귀에는 바람
몸에는 여자의 몸을 비롯
온통 다른 몸을 열반처럼 입고

왔다갔다하는구나
이리저리 멀리멀리
가을 나무에
잎 하나로 매달릴 때까지.

그대는 별인가
─ 시인을 위하여

하늘의 별처럼 많은 별
바닷가의 모래처럼 많은 모래
반짝이는 건 반짝이는 거고
고독한 건 고독한 거지만
그대 별의 반짝이는 살 속으로 걸어들어가
"나는 반짝인다"고 노래할 수 있을 때까지
기다려야지
그대의 육체가 사막 위에 떠 있는
거대한 밤이 되고 모래가 되고
모래의 살에 부는 바람이 될 때까지
자기의 거짓을 사랑하는 법을 연습해야지
자기의 거짓이 안 보일 때까지.

사람이 풍경으로 피어나

사람이
풍경으로 피어날 때가 있다
앉아 있거나
차를 마시거나
잡담으로 시간에 이스트를 넣거나
그 어떤 때거나

사람이 풍경으로 피어날 때가 있다
그게 저 혼자 피는 풍경인지
내가 그리는 풍경인지
그건 잘 모르겠지만

사람이 풍경일 때처럼
행복한 때는 없다

어디 우산 놓고 오듯

어디 우산 놓고 오듯
어디 나를 놓고 오지도 못하고
이 고생이구나

나를 떠나면
두루 하늘이고
사랑이고
자유인 것을

2008년 여름　허경회

바다에서 부유(浮遊)한
화석　화석

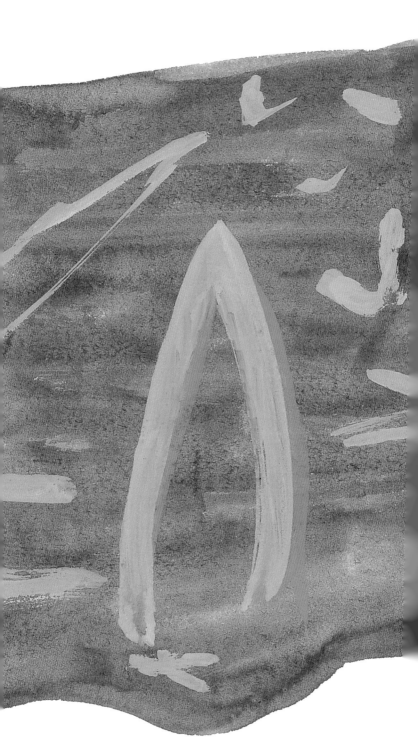

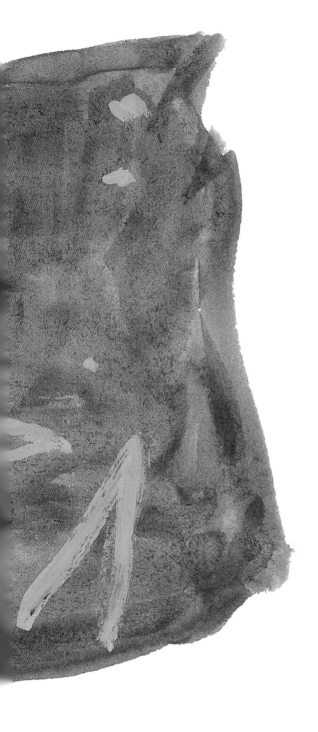

건널 수 없네

갈수록 일월(日月)이여
내 마음 더 여리어져
가는 8월을 건널 수 없네.
9월도 시월도
건널 수 없네.
흘러가는 것들을
건널 수 없네.
사랑의 일들을
변했다 아픔들을
건널 수 없네.
있다가 없는 것
보이다 안 보이는 것
건널 수 없네.
시간을 건널 수 없네.
시간의 모든 흔적들
그렇다 듯
건딜 수 없네.
모든 흔적은 상흔(傷痕)이니
흐르고 변하는 것들이여
아프고 아픈 것들이여.

견딜 수 없네

갈수록, 일월(日月)이여,
내 마음 더 여리어져
가는 8월을 견딜 수 없네.
9월도 시월도
견딜 수 없네.
흘러가는 것들을
견딜 수 없네.
사람의 일들
변화와 아픔들을
견딜 수 없네.
있다가 없는 것
보이다 안 보이는 것
견딜 수 없네.
시간을 견딜 수 없네.
시간의 모든 흔적들
그림자들
견딜 수 없네.
모든 흔적은 상흔(傷痕)이니
흐르고 변하는 것들이여
아프고 아픈 것들이여.

사랑할 시간이 많지 않다

사랑할 시간이 많지 않다
아이가 플라스틱 악기를 부—부—불고 있다
아주머니 보따리 속에 들어 있는 파가 보따리 속에서
쑥쑥 자라고 있다
할아버지가 버스를 타려고 뛰어오신다
무슨 일인지 처녀 둘이
장미를 두 송이 세 송이 들고 움직인다
시들지 않는 꽃들이여
아주머니 밤 보따리, 비닐
보따리에서 밤꽃이 또 막무가내로 핀다

갈증이며 샘물인

—J에게

너는 내 속에서 샘솟는다

갈증이며 샘물인

샘물이며 갈증인

너는 내 속에서 샘솟는

갈증이며

샘물인

너는 내 속에서 샘솟는다

해당화,

그 속에
수 많은 태양

2009년
여름 정현종

모든 순간이 꽃봉오리인 것을

나는 가끔 후회한다
그때 그 일이
노다지였을지도 모르는데……
그때 그 사람이
그때 그 물건이
노다지였을지도 모르는데……
더 열심히 파고들고
더 열심히 말을 걸고
더 열심히 귀기울이고
더 열심히 사랑할걸……

반벙어리처럼
귀머거리처럼
보내지는 않았는가
우두커니처럼……
더 열심히 그 순간을
사랑할 것을……

모든 순간이 다아
꽃봉오리인 것을,
내 열심에 따라 피어날
꽃봉오리인 것을!

여자

나는 여자를 잘 안다.
즉 여성성이 뜻하는 걸 잘 안다.
여자는 자연이다.

우리의 자연,
잃어버렸다는 낙원의 현현을
반겨주지 않을 수 없다.
역사 이전
문명 이전
나 이전
너 이전
의
원초
또는
어딘제 변두름과 더불어
" 그윽토록 넘쳐흐르는 화관(花冠)."

여자

나는 여자를 잘 안다.

즉 여성성이 뜻하는 걸 잘 안다.

여자는 자연이다.

우리의 자연,

잃어버렸다는 낙원의 현현을

반짝이지 않을 수 없다.

역사 이전

문명 이전

나 이전

너 이전

의

원초

또는

앙드레 브르통과 더불어

"모음들로 넘쳐흐르는 화관(*花冠*)."

날아라 버스야

내가 타고 다니는 버스에
꽃다발을 든 사람이 무려 두 사람이나 있다!
하나는 장미―여자
하나는 국화―남자.
버스야 아무 데로나 가거라.
꽃다발 든 사람이 둘이나 된다.
그러니 아무 데로나 가거라.
옳지 이륙을 하는구나!
날아라 버스야.
이륙을 하여 고도를 높여가는
차체의 이 가벼움을 보아라.
날아라 버스야!

아침

아침에는
운명 같은 건 없다.
있는 건 오로지
새날
풋기운!

운명은 혹시
저녁이나 밤에
무거운 걸음으로
다가올는지 모르겠으나,
아침에는
운명 같은 건 없다.

광휘의 속삭임

저녁 어스름 때
하루가 끝나가는 저
시간의 움직임의
광휘,
없는 게 없어서
쓸쓸함도 씨앗들도
따로따로 한 우주인,
(광휘 중의 광휘인)
그 움직임에
시가 끼어들 수 있을까.

아픈 사람의 외로움을
남몰래 이쪽 눈물로 적실 때
그 스며드는 것이 혹시 시일까.
(외로움과 눈물의 광휘여)

그동안의 발자국들의 그림자가
고스란히 스며 있는 이 땅속
거기 어디 시는 가슴을 묻을 수 있을까.
(그림자와 가슴의 광휘!)

그동안의 숨결들

예술의 힘 2
— 폴란스키의 〈피아니스트〉에서, 변주

　　한 나치 장교를 감동시키고

　　피아니스트를 살린

　　음악.

　　증오의 폐허

　　잔학의 내장(內臟)

　　나쁜 믿음의 암흑 속에서,

　　씨앗도

　　흙도

　　물도

　　그 아무것도

　　없는

　　데서

　　피어난

　　꽃.

　　여차하면

　　지옥을 만드는

　　(만들겠다고 협박하는)

　　어떤 정치

　　어떤 집단

　　어떤 케르베로스*의

　　액운

속에서

피어난

꽃.

* kerberos: 머리가 셋 달린, 지옥문을 지키는 개

파랑새 2009 여름 현영

날자, 행복한 영혼들이여

오생근 (문학평론가, 전 서울대 불문과 교수)

정현종 시인과 최승희 교수와 내가 일 년에 서너 번쯤 만나서 술자리를 같이하게 된 지가 벌써 이십 년 가까이 되는 것 같다. 정 시인과 나를 알고 최 교수를 모르는 사람이 이 이야기를 들으면 우선 이 모임의 조합부터 의아스럽게 생각할 것이다. 그렇게 생각하는 사람을 염두에 두고 말하자면, 최 교수는 서울대학교 국사학과의 명예교수이자, 한국 고문서 연구의 권위자로서 오랫동안 문화재청의 문화재 위원으로 활동하는 분이다. 내가 최 교수와 가깝게 지낼 수 있었던 것은 정년퇴임하기 전 그의 연구실이 나의 연구실에서 멀지 않은 곳이었기 때문이기도 하지만, 그가 정현종 시인과 중·고등학교 시절부터 가장 절친하게 지내는 동창친구였기 때문이다. 정 시인은 연세대학교에서 정년퇴임을 할 무렵, 제자들과 함께한 좌담의 자리에서 중·고등학교 때 삼총사라고 불릴 만큼 가깝게 지낸 두 친구를 언급한 적이 있는데, 그 중의 한 친구가 바로 최 교수이다. 정 시인은 졸업 50주년 기념문집에서 고등학교 시절을 이렇게 회고한다.

나는 중학생시절부터 문학소년이어서, 가령 그때 가까운 친구였던 최승희가 붓글씨 잘 쓰고 공부 잘하는 모범생이요 안창남이 성경책에 줄을 그어가며 읽었던데 비해 나는 바이런이나 하이네 같은 시인의 시집에 밑줄을 치고 있었다.[1]

정현종 시인이 이야기하는 두 친구들 중에서 고등학교 졸업 후 지금까지 그가 계속 만나는 친구가 바로 최승희 교수인데, 그는 아마 내가 알고 있는 교수들 중에서 가장 선하고, 너그럽고, 한결같은 사람이라 말할 수 있을 것이다. 또한 인품이 한결같을 뿐 아니라 변함없는 애주가로서 아무리 술을 마셔도 자세가 흐트러지는 법이 없고, 술 마신 다음 날에도 아침 일찍 여덟 시가 되기도 전에 연구실에 출근하여 책을 보는 교수로도 유명하다. 물론 그가 정년퇴임하기 전의 모습이다. 또한 그는 책읽기를 좋아하고, 사람을 좋아하고, 술을 좋아하지만, 자기가 좋아하는 사람들에게 밥 사주고 술 사주기를 더 좋아한다. 이쯤에 이르러서, 독자들은 정현종의 시와 삶을 주제로 한 이 글에서 내가 왜 시인의 친구 이야기부터

1) 대광고 11회 졸업 50주년 기념문집『하늘 빛 아래 살며』(2009) p.242.

하는지를 짐작할 수 있을 것이다. 옛날부터 내려오는 말 중에, 어떤 사람의 사람됨을 알기 위해서는 그의 친구가 누구인지를 알면 된다는 말이 있는데, 이런 점에서 정현종 시인의 인간적 면모를 이해하기 위해서는 최 교수의 인간성을 언급해야 할 필요성이 있었기 때문이다.

　우리의 모임장소는 대체로 최 교수의 단골집인 사당동 참치집이지만, 가끔 내가 제안하여 압구정동이나 서초동 쪽으로 장소를 옮길 경우도 있다. 지난 번 서초동 막국수집에서 점심식사를 하고 근처에 있는 '바오밥 나무'라는 작은 커피숍에 간 적이 있었다. 노부부가 번갈아가며 정성스럽게 커피를 끓여주는 그 집은 신선한 커피뿐 아니라 괜찮은 음악을 들을 수도 있는 곳인데, 마침 그날 커피를 마시던 중 들려온 음악 중에 〈희랍인 조르바〉가 있었다. 이 음악을 듣는 순간, 얼마 전 TV에서 본 카잔차키스의 묘비에 적힌 "나는 아무것도 원하지 않는다. 나는 두렵지 않다. 나는 자유다"라는 글귀가 떠올랐다. 자유인의 초상을 그린 이 말은 영화 속에 조르바의 모습과 함께 떠오른 것인데, 정현종 시인도 영화의 그 장면이 생각났는지 앉은 자리에서 잠시 두 팔을 들고 흥겹게 춤추는 동작을 취했다. 그 모습을 보면서 나는 정과리가 정현종 시인에 대해 쓴 글에서 그의 휘적휘적 걷는 모습을 '자유의 육체'[2]로 묘사한 대목이 떠올랐다. 그는 '자유의 육체'라는 표현이 어울리게, 자유의 삶을 추구하는 시인이다. 이런 점에서 자유라는 말은 그의 시적 주제와 관련되어 자주 언급되는 바람의 이미지와 함께 정현종 시와 삶을 특징적으로 보여주는 말일 것이다. 어떤 의미로 그의 모든 시가 자유의 정신을 내포하고 자유의 삶을 지향하는 것이라고 말할 수도 있겠지만, 그의 시에서 특히 자유인의 삶을 나타낸 대표적인 시를 꼽으라면 「헤게모니」와 「어디 우산 놓고 오듯」을 예로 들 수 있겠다. 이 시들 중에서 첫번째 시의 제목에 담긴 헤게모니란 말은 지배적인 입장의 권력과 같은 것으로서, 자유라는 말과 당연히 상충되는 말이다. 그러니까 헤게모니를 잡으려는 욕망은 당연히 자유로운 삶의 정신에 어긋난다고 보면 될 것이다. 시인은 이 시에서 세속적인 사람들이 소유하고 싶어하는 헤게모니의 초라함을 야유하고, 헤게모니는 오히려 꽃, 바람, 햇빛, 흐르는 물, 숨결, 덧없음이 잡아야 하는 것이라고 능청스럽게 말하고 있다. 또한 그는 덧없는 것들이라는 표현 대신에 '덧없

2) 정과리 외 『영원한 시작』, 민음사 (2005), p.9.

음'이라는 동사의 명사화를 통해, 헤게모니라는 것이 덧없는 것일 뿐 아니라 모든 덧없는 행위의 의미를 근원적으로 생각하게 만든다. 이런 점에서 권력이건 재물이건 그것들을 덧없는 것이라고 보는 사람의 영혼은 자유로운 삶의 정신을 반영하는 것이다. 물론 사람인 이상 권력과 재물에 대한 욕망으로부터 완전히 자유로울 수는 없겠지만, 삶에서 자유를 추구하면서 꽃과 나무와 바람과 햇빛을 볼 수 있는 것으로 행복감을 느끼는 시인의 정신은 소유의 '삶'이 아닌 '존재의 삶'에서 비롯되는 것이다. 이와 마찬가지로 두번째 시에서 "어디 우산 놓고 오듯/어디 나를 놓고 오지도 못하고/이 고생이구나//나를 떠나면/두루 하늘이고/사랑이고 자유인 것을"(「어디 우산 놓고 오듯」)은 자아의 의식으로부터 자유로운 삶을 노래하면서 이기심과 나르시시즘으로부터 해방됨으로써 풍부한 사랑과 진정한 자유의 삶이 열릴 수 있음을 노래한 것이다.

  몇 년 전 어느 해 봄날, 김현 선생의 묘소를 생전의 그의 친구들과 후배 문인들이 함께 찾은 적이 있었다. 물론 그 자리에 정현종 시인도 있었다. 성묘를 하고 난 뒤 묘소 앞에서 캔

맥주를 마시며 잡담을 하던 중에, 언제나 재기넘치는 김주연 선생이 정현종 시인을 향해 "정 시인은 받침이 없는 두 글자로 된 것들을 좋아하지"라고 말했다. 내가 그게 무엇이냐고 묻자, "나무라든가 두부라든가 그런 거지"라고 말해서 모두들 웃은 적이 있었다. 내가 두 가지 예로는 부족하니까 한 가지 더 생각해 보라고 하던 말이 발단이 되어, 모두들 받침 없는 단어로 된 명사를 가지고 말장난을 하기 시작했다. 그 말장난 중에서 누구의 말이었는지 모르지만 정현종의 시와 관련된, 비교적 알맹이가 있는 단어들로 기억되는 것은 취기, 거지, 자유 같은 말이었다. 이 단어들의 공통점은 물질적 욕망이 지배하는 현실에 구속되지 않으려는 시인의 의지와 시적 경향을 가리키는 것이었기에 나에게는 그 자리가 의미있는 시간으로 기억되었다.

정현종 시인은 종종 "시는 앉은 자리가 꽃자리다"라는 것을 그의 시론처럼 말한다. 이것은, 아무리 남루한 현실이나 불행한 상황이라도 그 안에서 희망을 발견하는 것이 시의 역할이라는 말일 수도 있고, 시는 진정한 자유의 정신에서 만들어지는 것이란 말일 수도 있다. 이러한 시론적 입장을 가장 잘 보여주는 것이 「모든 순간이 꽃봉오리인 것을」이란 시이다.

> 나는 가끔 후회한다
>
> 그때 그 일이
>
> 노다지였을지도 모르는데……
>
> […]
>
> 모든 순간이 다아
>
> 꽃봉오리인 것을,
>
> 내 열심에 따라 피어날
>
> 꽃봉오리인 것을!

시인은 이렇게 인생의 "모든 순간"이 "내 열심에 따라 피어날 꽃봉오리"처럼 소중하고 아름다운 순간이라는 것을 뒤늦게 깨달은 듯이 노래한다. 여기서 '순간'은 단순히 시간의 한 부분을 가리키는 것이 아니라 「행복」이란 시에서처럼 "시간의 궁핍을 치유하는" 시간이기도 하면서, "잡다한 욕망이 낳은 괴로움들을" 완화시켜주는 시간이기도 하다. 또한 그것은

간 속에 있으면서도 시간을 초월하는 순수한 본질적 행복감의 상태이기도 하다. 그러니까 "꽃봉오리"와 같은 행복감의 시간을 후회 없이 보내기 위해서 언제나 열심히 살고 그 시간이 다시는 돌아오지 않는 소중한 것임을 강조하기 위해 이 시의 화자는 "가끔 후회한다"고 진술하지만, 사실 후회나 회한이라는 말은 정현종의 시에서 어울리는 어사가 아니다. 그의 시에서는 시간의 법칙에 따라 변화하고 소멸되는 인간사에 연연하는 모습도 잘 보이지 않고, 과거를 그리워하거나 추억에 잠기는 회한의 목소리도 잘 보이지 않기 때문이다. 시간의 흐름 속에서 그는 인간사의 변화를 고통스럽고 슬프게 받아들이지만, 동시에 모든 고통과 슬픔을 남에게 드러내거나 과장하는 법 없이 그럴수록 조용히 감당하는 자세를 보일 뿐이다.

　　갈수록, 일월(日月)이어,
　　내 마음 더 여리어져
　　가는 8월을 견딜 수 없네.
　　9월도 시월도

견딜 수 없네.

흘러가는 것들을

견딜 수 없네.

사람의 일들

변화와 아픔들을

견딜 수 없네.

있다가 없는 것

보이다 안 보이는 것

견딜 수 없네.

시간을 견딜 수 없네.

시간의 모든 흔적들

그림자들

견딜 수 없네.

모든 흔적은 상흔(傷痕)이니

흐르고 변하는 것들이어

아프고 아픈 것들이어.

―「견딜 수 없네」 전문

시인은 세월의 흐름과 함께 '흘러가는 것들'을 견딜 수 없어하고, '사람의 일들', '변화와 아픔들', '있다가 없는 것', '보이다 안 보이는 것'을 고통스러워한다. 이 중에서 '있다가 없는 것'과 '보이다 안 보이는 것'은 인간사의 모든 변화와 그 변화에 대한 상실감을 함축적으로 표현한다. 그는 이러한 구체적인 것들에 대한 상실감과 그리움을 암시하는 시구들을 나열한 다음에, '시간'과 '시간의 모든 흔적들', '그림자들'과 같은 추상적인 존재들을 견딜 수 없다고 표현한다. 이 시의 뒷부분에서 "모든 흔적은 상흔(傷痕)"이라는 구절은 결국 지나간 시간의 흔적이 마음속에 상처를 남긴다는 것인데, 여기서 주목되는 것은 시인의 감당하기 어려운 고통이나 불행이 무거운 것임에도 불구하고 그것을 아픈 '흔적' 정도로 표현하고, 사적인 사연을 절대로 노출하지 않고 있다는 점이다. 정현종은 어느 자리에선가 가족이나 친지와 관련된 자신의 개인적 고통을 한 번도 시의 모티프로 삼은 적이 없다는 것을 인정하면서, 그 이유를 자신의 출가자(出家者)적인 성격 때문일 것이라고 가볍게 말한 적이 있다. 시에서 개인적 사연을 배제하는 그의 이러한 면모는 많은 한국의 시인들이 개인적

일화나 사적인 감정을 자기중심주의나 자기연민에 사로잡혀 시에 담을 뿐 아니라 그것을 과장되게 표현하는 것과 구별되는 점이다. 사실 그의 시적 자아가 개인성을 넘어서서 보편성을 갖는 근거에는 자기 자신의 감정 속에 함몰되지 않고, 감정과 거리를 두고 자기를 객관화시켜 보려는 이성적 의지가 있다. 그의 이런 시적 개성은 일체의 감상적 요소가 깃들 수 있는 여지를 전혀 남기지 않기 때문에, 그만큼 독자들이 꿈꾸고, 생각하고, 상상할 수 있는 여유를 넓혀 놓는 원동력으로 작용한다. 가령 "사람들 사이에 섬이 있다/그 섬에 가고 싶다"(「섬」)처럼 두 줄로 짧게 쓴 그의 유명한 시가 많은 독자들의 사랑을 받는 이유는 개인적인 '나'보다 늘 보편적인 '우리'에 관심을 갖는 시인의 깊은 생각과 넓은 상상력 때문이다. 물론 이 시에서는 '나'도 없고 '우리'도 없다. 그러나 '나'와 '우리'는 보이지 않는 큰 존재 속에 녹아들어서 "그 섬에 가고 싶다"는 근원적 희망과 그리움이 주체로 추상화되어 있는 것이다.

나는 한국시에서 정현종이 새롭게 개척한 길이 센티멘털리즘을 극복함으로써 개인적이고 감상적인 서정시와는 다른 이성적 상상세계를 펼쳐 보인 점이라고 생각한다. 또한 이런 시적 개성을 형성하게 만든 근거는 그가 대학에서 철학을 전공했기 때문일 것으로 추측해 보기도 한다. 이런 점에서 흥미로운 것은 그가 고등학교 때부터, 시를 쓰고 외국시인들의 시를 열심히 읽는 문학청년이었으면서도 문학과를 지망하지 않고 철학과를 지망했다는 사실이다. 그는 철학과를 지망한 이유를 분명히 밝히지는 않았지만, 김준섭 선생이 쓴 『실존 철학』 같은 책을 탐독했던 일과 관련되었음을 이렇게 암시한다.

> 실존 철학은 유럽의 양차대전 뒤에 나온 깃으로 한국의
> 전후 분위기에도 잘 맞았던 듯한데, 특히 그들이 얘기하는
> 부조리, 불안, 고독, 기분 같은 말들에 매혹됐었던 것 같
> 다.[3]

여하간 그가 대학에서 철학도였기 때문에 철학의 이성적 사유에 익숙해졌다는 것, 그리고 서양철학의 흐름을 바꿔놓은 창작자이면서 시와 철학이 만나는 지점이라고 명명할 수

3) 『하늘 빛 아래 살며』, 같은 면.

있는 니체의 영향을 많이 받았다는 것은 모두 그의 시를 이해하는 데 매우 중요한 요소들이다. 그의 초기 시가 실존주의적 주제라고 할 수 있는 불안, 의식, 고독, 고통, 죽음과 같은 문제들을 보여주고, 니체의 차라투스트라가 권유하는 상승과 비상의 의지를 구현하려 했음은 많은 평자들이 지적한 점이기도 하다. 그는 「날자, 우울한 영혼이여」란 산문에서 대부분의 사람들이 삶의 어려움과 무거운 고통에 짓눌려 아래로 몰락하는 것과는 달리, 무거움으로부터 벗어나 가벼운 에테르처럼 날아오르기를 권유한다. 그는 차라투스트라를 인용하면서 상승적 의지의 삶을 포기하는 것은 무엇보다 인간이 자신에게 잘못하는, 용서할 수 없는 행위가 될 것임을 경고하는 듯한 절실한 어조로 이렇게 말한다.

니체가 얘기하고 있듯이 "나는 네가 나에게 잘못을 저지르는 것을 용서할 수 있지만, 네가 너 자신에게 잘못하는 것을 용서할 수 없는"것이다. 나는 나를 밀어올린 그 땅을 내려다보았다. 땅은 인간들을 밑으로 끌어내리고 무덤을 파게 하는 인력의 법칙만을 갖고 있는 게 아니라 흙이나

풀이나 혹은 별 등 '자연의 음악적인 사고'를 듣고 기쁨 속
에 화창(和唱)할 수 있을 때 어떤 영혼을 튕겨 올리는 탄력
도 갖고 있다. [4)]

　그는 이렇게 땅에서 인간을 몰락하게 만드는 부정적 인력
의 법칙을 보지 않고 나무와 같은 식물에서 느껴지는 영혼
을 경쾌하게 만드는 탄력의 기운을 본다. 이것은 바슐라르
가 『공기와 꿈』에서 인용한 바 있는, 앙드레 셰프너가 무용
의 기원을 식물의 성장과 대지와의 관계로 설명한 대목을 연
상시킨다.

　　어머니인 이 대지는 밟아서 다져지고, 한편 그 땅을 밟
　고 되솟구친 (무용수의) 도약의 높이가 점점 높아지는 만
　큼 식물은 자라 솟아오르게 될 것이다. 이것은 봄의 상징
　들과 풍요의 제식들에 관계된다. 「봄의 제전」은 바로 이와
　같은, 땅을 밟으며 발을 구르는 제식적인 행위들로 채워질
　것인데 그럼으로써 그러한 밟기와 도약에 어쩌면 최초의
　것이 될 한 의미를 부여할 것이다. [5)]

4) 정현종, 『날아라 버스야』, 문학판 (2015), p.38-39.
5) 가스통 바슐라르 (정영란 옮김), 『공기와 꿈』, 이학사 (2000), p.128-129.

이것은 땅으로부터 솟구쳐 오르는 비약의 의지가 인간의 원 적 욕망임을 보여주는 말이면서 동시에 대지를 밟을 만큼 그 반동의 탄력으로 육체가 솟아오를 수 있는 것임을 암시하는 말이기도 하다. 땅을 밟는 행위와 땅의 탄력 즉 반동력은 하강과 상승의 동시적 움직임이며, 땅의 반동력은 식물의 성장력과 일치하는 움직임이기도 하다. 이런 탄력의 논리를 비상의 의지와 경쾌하게 연결시키는 시인은 "나는 아래로 아래로 날아오른다"(「고통의 축제 2」)는 시구를 통해 고통의 시련 속에서 비상하는 자유의 의지를 표현한다. 그러니까 앞에서 언급했던 정현종 시인의 자유 혹은 자유인의 삶이 결국 고통스러운 하강의 시련을 뼈저리게 느낀 영혼의 상승과 비상의 행위로 이해되는 것은 당연한 논리이다.

그래 살아봐야지
너도 나도 공이 되어
떨어져도 튀는 공이 되어

살아봐야지

쓰러지는 법이 없는 둥근

공처럼, 탄력의 나라의

왕자처럼

— 「떨어져도 튀는 공처럼」 일부

　이 시의 제목인 "떨어져도 튀는 공처럼"이란 것은 인간을 몰락하게 만드는 고통의 무게가 클수록 오히려 인간의 날아 오르려는, 상승의 의지는 클 수 있다는 역설을 보여준다. 발레리가 「해변의 묘지」의 끝에서 삶과 죽음에 대한 오랜 사색과 명상 끝에 "바람이 분다! 살려고 애써야 한다"고 말했듯이, 정현종 시인은 "떨어져도 튀는 공"의 의지를 갖고 "그래 살아봐야지"라고 다짐한다. 이러한 삶의 의지가 「고통의 축제 2」에서 "무슨 힘이 우리를 살게 하냐구요? / 마음의 잡동사니의 힘!"에서 표현되는 것은 근원적으로 삶의 의지와 연결된 마음의 힘에 대한 믿음이 있기 때문이다. 이렇게 비상의 의지와 같은 마음의 힘을 갖게 되면 삶은 한껏 행복할 수 있고, 모든 사랑이 아름답게 보일 수 있다. "겨드랑이와 제 허리에서 떠오르며 킬킬대는 만월"(「꽃피는 애인들을 위한 노래」)처럼, 기쁨으로 충만된 사랑도 아름답고, "사람이 풍경으로 피어날 때"(「사람이 풍경으로 피어나」)처럼 사람이 아름답게 보이기도 한다. 그런 시각에서 사랑의 풍경을 나무와 햇빛의 관계로 비유하기 시작한 다음의 시는 무척 아름다울 뿐 아니라 시적 의미를 풍부하게 내장하고 있는 시로 보인다.

> 그 잎 위에 흘러내리는 햇빛과 입맞추며
> 나무는 그의 힘을 꿈꾸고
> 그 위에 내리는 비와 뺨 비비며 나무는
> 소리 내어 그의 피를 꿈꾸고
> 가지에 부는 바람의 푸른 힘으로 나무는
> 자기의 생이 흔들리는 소리를 듣는다.
> ―「사물의 꿈 1― 나무의 꿈」 전문

이 시는 나무의 관점에서 나무가 만나는 대상들, 즉 햇빛과 비와 바람들과의 교감과 일체감을 역동적으로 보여준다. 이 시에서 가장 빛나는 부분은 마지막 두 행, "가지에 부는 바람

의 푸른 힘으로 나무는/자기의 생이 흔들리는 소리를 듣는
다"일 것이다. 이 부분에서, 우리는 모든 존재하는 것들이 자
기와는 다른 타자와의 대화를 통해서 자기를 돌아보고 자기
의 실존적 자화상을 확인할 때 비로소 진정한 삶이 된다는 의
미를 읽을 수 있기 때문이다. 나무는 정현종 시인이 가장 사
랑하는 자연의 한 대상이다. 그의 대표작 중의 하나로 꼽을
수 있는 「세상의 나무들」은 나무를 "허구한 날 봐도" 싫증이
나기는커녕, "나날이 좋아/가슴이 고만 푸르게 푸르게 두근
거리는" 사랑에 빠져있는 연인에 비유하는 시인에게 나무의
좋은 점은, 바라보기만 해도 "몸에 온몸에 수액 오르게 하고/
하늘로 높은 데로 오르게"하는 상승적 의지를 부추기는 점이
다. 또한 시인에게 나무는 탄력과 상승의 이미지를 일깨워주
는 존재이다. 이런 점에서 나무는 애인이기도 하고, 친구이기
도 하고 선생이기도 하다. 정현종 시인은 여러 산문을 통해서
나무로부터 느끼고 배우는 것이 그 어떤 종교나 철학에서 배
우는 것보다 크다는 것을 말하며 나무를 두루 예찬한 바 있는
데, 우리는 영국시인 블레이크의 글을 통해서 정현종의 이러
한 상상력의 특징을 말해볼 수 있을 것이다.

어떤 사람에게는 기쁨의 눈물을 흘리도록 감동을 주는 한 그루의 나무가 다른 사람의 눈에는 공연히 쓸데없이 갈 길을 방해하는 하나의 푸른 물건에 지나지 않습니다. […] 그러나 상상력이 있는 인간에게 자연은 상상력 그 자체입니다.[6]

정현종에게 나무는 "기쁨의 눈물을 흘리도록 감동을 주는" 존재일 뿐 아니라 상상력 그 자체이다. 물론 나무가 시인에게 감동을 줄 뿐 아니라 비상의 의지를 일깨우고 상승적 이미지를 제공하는 것처럼, 꽃도 사람에게 날아오르게 하는 꿈의 동기를 부여하는 존재임을 잊지는 말아야 할 것이다. 나무도 중요하지만, 꽃도 중요하다는 말을 하기 위해서, 우리는 그의 시에서 꽃의 이미지와 함께 떠오르는 대표적인 시로 앞에서 인용한 「모든 순간이 꽃봉오리인 것을」과 함께 「날아라 버스야」를 예로 들어볼 수 있다. 사실 정현종의 산문 「날자, 우울한 영혼이여」와 비슷한 산문집 제목도 『날아라 버스야』인데, 이것은 시인이 버스 안에서 두 사람이 꽃다발을 들고 있는 모습에서 영감을 얻어 쓴 시의 제목이기도 하다. 이

6) 블레이크 (김종철 옮김), 「블레이크의 편지」, 『천국과 지옥의 결혼』, 민음사(1991), p.100.

시에서 꽃은 자연의 존재가 아니라, 삶의 한복판에서 삶을 행복과 축제의 분위기로 승화시키는 존재로 부각된다.

> 내가 타고 다니는 버스에
> 꽃다발을 든 사람이 무려 두 사람이나 있다!
> 하나는 장미—여자
> 하나는 국화—남자.
> 버스야 아무 데로나 가거라
> 꽃다발 든 사람이 둘이나 된다.
> 그러니 아무 데로나 가거라.
> 옳지 이륙을 하는구나!
> 날아라 버스야.
> 이륙을 하여 고도를 높여 가는
> 차체의 이 가벼움을 보아라.
> 날아라 버스야!
>
>
>
> —「날아라 버스야」전문

무거운 버스가 승객이 든 꽃다발의 동력으로 비행기처럼

이룩할 수 있다고 생각하는 시인의 상상력은 매우 신선하면서도 유쾌하다. 이 시는 앞에서 언급한 "시는 앉은 자리가 꽃자리"라는 시인의 시론과 「모든 순간이 꽃봉오리인 것을」의 시적 주제와 연결되어 있다. 시인은 이러한 독창적 상상력을 혼자서 소유하지 않고 많은 사람들이 상상력의 유희로 공유할 수 있게 하려는 듯, 일상적 대화의 어휘 등을 동원하여 재미있는 놀이를 하는 듯한 표현법을 사용하고 있다.

그는 삶의 무게에 짓눌려 사는 사람들에게 행복해질 수 있는 방법이란 물질적인 재산의 증식이 아니라 정신적인 상승의 의지이고 그것은 마음가짐과 상상의 훈련을 통해 가능하다는 믿음을 전하려는 행복의 전도사처럼 보인다. 이런 점에서 행복의 시학이라고 말할 수 있는 그의 시는 비상과 상승의 이미지 뿐 아니라 빛의 이미지를 많이 보여준다는 것도 중요한 점이다. 햇빛, 별빛, 밝음, 환함, 광휘, 광채 등 빛과 관련된 어사들은 어둠이나 세속에서 긍정의 빛을 발견하려는 시인에게서 행복의 상상력과 관련되어 있다. 그러니까 「환합니다」에서처럼, 가을날 감나무에 감이 무르익은 모양은 "바알간 불꽃"으로 보이기도 하고, 감나무로 달려가는 시인의 마음도

157

"환하게 환하게" 열리기도 하는 것이다.

또한 「사람이 풍경으로 피어나」에서 "사람이 풍경으로 피어날 때가 있다"거나 "사람이 풍경일 때처럼/행복한 때는 없다"와 같은 구절에서 빛의 어사가 보이지는 않지만, 그 풍경이 빛의 풍경일 것임은 너무나 분명하다. 그리고 「벌레들의 눈동자와도 같은」 시에서 "둥근 기쁨 하나"와 "둥근 슬픔 하나"가 모두 마음의 광채로 표현되는데, 이것은 기쁨과 슬픔을 승화시키는 마음의 작용에서 광채를 발견하는 시인의 상상력과 무관하지 않다. 이런 점에서 「갈대꽃」의 환한 풍경도 마찬가지이다.

산 아래 시골길을 걸었지
논물을 대는 개울을 따라.
이 가을빛을 견디느라고
한숨이 나와도 허파는 팽팽한데
저기 갈대꽃이 너무 환해서
끌려가 들여다본다, 하!
광섬유로구나. 만일 그 물건이

세상에서 제일 환하고 투명하고

　　마음들이 잘 비치는 것이라면……

―「갈대꽃」 일부

　시인은 시골길을 걷다가 길가의 갈대꽃 풍경이 너무 환해서 가까이 다가가 보지만, 그의 관심은 단순히 갈대꽃의 환한 풍경이 아니라, 그것이 무엇보다 "마음들이 잘 비치는 것"이 되기를 바라는 마음을 반영한다는 점에 있다. 여기서 갈대꽃은 "비인간적으로 반짝"이기도 하고, "미친 빛"으로 보이기도 하는데, 시인에게 중요한 것은 갈대꽃의 빛이 아니라 그것이 사람의 마음을 밝게 비추고, 사람들의 세상을 밝고 투명하게 만드는 일이다. 결국 삶의 고통을 깊이 체험한 사람만이 빛의 소중함을 깨달을 수 있고, 대지의 무거움을 혹독하게 견뎌낸 사람만이 비상의 의지를 크게 갖는다는 삶의 진실을 다시 확인하게 된다.

　　아픈 사람의 외로움을

　　남몰래 이쪽 눈물로 적실 때

159

그 스며드는 것이 혹시 시일까.
(외로움과 눈물의 광휘어)

그동안의 발자국들의 그림자가
고스란히 스며 있는 이 땅속
거기 어디서 시는 가슴을 묻을 수 있을까.
(그림자와 가슴의 광휘!)

그동안의 숨결들
고스란히 퍼지고 바람 부는 하늘가
거기 어디서 시는 숨 쉴 수 있을까.
(숨결과 바람의 광휘어)

― 「광휘의 속삭임」 일부

이 시에서 광휘를 수식하는 시구들은 '외로움과 눈물', '그림자와 가슴', '숨결과 바람'인데, 이것들이 모두 시인이 생각하는 시의 동의어처럼 쓰인다는 점에서 주목된다. 이와 함께 시는 아픈 사람의 마음을 위로하고, 그에게 공감의 눈물을 적

서주며, 외로운 영혼의 그림자를 따뜻하게 품어주는 역할을 해야 한다는 메시지를 우리는 읽을 수 있다. 결론적으로 말하자면, 정현종의 시는 개인적인 고통과 시련을 대지의 탄력으로 딛고 난 다음부터 줄곧 아프고 외로운 사람의 영혼 속에 따뜻하게 스며드는 위안의 시를 지향해 왔다고 말할 수 있다. 그는 젊은 날 「고통의 축제 1─편지」 안에서 "나는 감금된 말로 편지를 쓰고 싶어하는 사람이 아닙니다.", 여기서 "나는 감금될 수 없는 말로 편지를 쓰고 싶습니다"고 고백하였다. 여기서 "감금될 수 없는 말"이란 그야말로 그 어떤 강제적 수단으로도 포획되지 않는 모든 자유로운 언어를 가리키는 것이지만, 동시에 고통의 축제를 통해서 "우리는 행복하다"고 말할 수 있는 연금술의 언어를 가리키는 것이기도 하다. 시인은 개인적인 고통을 넘어서서 비상의 의지를 지속적으로 꿈꾸다가 어느새 모든 "아픈 사람의 외로움을" 위로하고, 아픈 영혼에서 혹은 남루하고 비참한 현실에서 '광휘'를 발견하는 시를 쓰게 된 것이다. 우리는 그의 시를 읽으면서 위안의 힘을 발견하고, 자유의 숨결을 호흡할 수 있고 날아오를 수 있는 비상의 의지를 느끼게 된다. 아니, 그의 시는 우리를 날아

오르게 한다. 날아오르려는 우리의 등 뒤에서 시인의 목소리
가 들리는 듯하다.

　모두 날자, 행복한 영혼들이여, 라고.

정현종 시선집 출전

『한 꽃송이』, 정현종, 문학과지성사, 1992

갈대꽃
좋은 풍경
한합니다
한 꽃송이

『세상의 나무들』, 정현종, 문학과지성사, 1995

이슬
세상의 나무들
헤게모니

『고통의 축제』, 정현종, 민음사, 1995

교감
꽃피는 애인들을 위한 노래
그대는 별인가— 시인을 위하여
사물의 꿈 1— 나무의 꿈
나는 별아저씨
고통의 축제 1— 편지

『나는 별아저씨』, 정현종, 문학과지성사, 1995

고통의 축제 2
떨어져도 튀는 공처럼
사람이 풍경으로 피어나
섬

『사랑할 시간이 많지 않다』, 정현종, 세계사, 1998

모든 순간이 꽃봉오리인 것을
잎 하나로
어디 우산 놓고 오듯
사랑할 시간이 많지 않다

『갈증이며 샘물인』, 정현종, 문학과지성사, 1999

갈증이며 샘물인—J에게
안부
날아라 버스야

『떨어져도 튀는 공처럼』, 정현종, 문학과지성사, 2001

벌레들의 눈동자와도 같은

『견딜 수 없네』, 정현종, 시와시학사, 2003

예술의 힘 2
— 폴란스키의 〈피아니스트〉에서, 변주
행복
견딜 수 없네

『광휘의 속삭임』, 정현종, 문학과지성사, 2008

꽃 시간 1
어떤 적막
방문객
아침
광휘의 속삭임
여자

정현종 시인의 '손' 드로잉 부분